김지연 개인전

걱
정
하
지
마

그림·글 김지연

인용 허가 안내

이 책의 내용의 일부(그림, 글)는 인용이 가능합니다.

이 책의 내용의 일부를

SNS, 블로그, 출판물 등에 자유롭게 인용하셔도 됩니다.

단, 꼭 출처를 밝혀주세요.

리뷰 남겨주시면 더욱 감사합니다!

_____님께

앙데팡당 안성:전 2025 전시
김지연해바라기, 김지연, acrylic on canvas, 2025, 6호F

Kim, Ji Yeon

3th Solo Exhibition

걱정하지 마

3번째 개인전으로 초대합니다

　안녕하세요. 글 쓰고 그림 그리는 김지연 작가입니다.

　이 책은 저의 3번째 개인전입니다. 저는 특별한 방식으로 전시회를 열고 있습니다. 바로 그림을 책에 실어 출간하는 방식으로 전시하는 것입니다. 시간과 공간의 제약 없이 책을 펼치면 그림을 만나보실 수 있습니다. 그림에 대한 이해를 돕기 위해 글도 함께 수록하였습니다. 이 책의 그림 중 일부는 파주 한빛도서관에서 전시됩니다. 전시를 허락해준 관계자님께도 감사의 말씀을 드립니다.

　스레드와 인스타그램에서 독자님들과 활발히 소통하고 있습니다. 그림은 감상자의 상상력으로 독해되는 것입니다. 감상자의 시선과 감상으로 재구성되고 재창조되는 것이 예술입니다. 예술을 통해 자기 생각을 정립해가는 것이 예술의 순기능이라고 생각합니다. 빈칸에 '감상 생각 쓰기' 란을 만들어두었으니 자유롭게 써보시길 바랍니다. 그림은 감상자의 상상력으로 보는 것, 잊지 마세요.

　그럼, 그림과 함께 하는 즐거운 시간 되세요♡

파주 한빛도서관 전시 기간 (2025.6.1~2025.6.14)

Exhibition Contents

가득 채움

빈 곳 없이 가득 채우기

내가 흘린 눈물도

알고 보면 꽃을 피우기 위한 씨앗.

힘들 때 포기하지 않길 잘했다고

예전의 나에게 말 거는

바람 소리.

감상 생각 쓰기

가득 채움 , acrylic on canvas, 31.8X 40.9(cm), 2025

내가 품은 것들

내가 갈망해도 내가 포기해도

만들어진 내 속에 품은 이야기는

가득찬 항아리처럼 매끈한 표면을 반짝여

당신이 당신을 모습을 볼 수 있도록 되비춘다.

누군가는 자세히 들여다 보고

누군가는 힐끔 바라보고 지나가고

그저 둥글게 살아가기 위해

내가 나에게 하는 말을 흘려듣는 습관.

감상 생각 쓰기

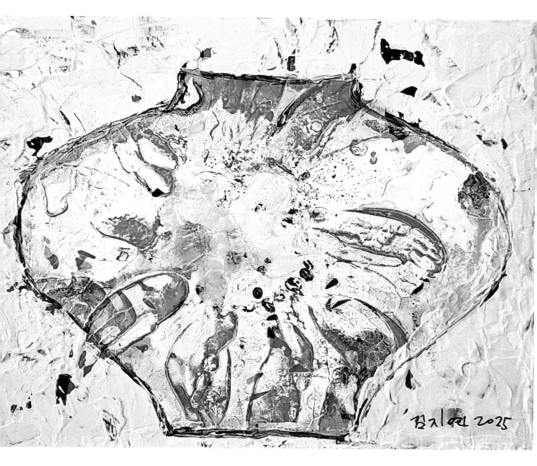

내가 품은 것들, acrylic on canvas, 27.3X 22(cm), 2025

봄이 오는 소리

봄이 오는 소리를 화폭에 담아 보았다.

그것은 바람이 부는 소리.

꽃이 피는 소리.

힘들었던 과거가 잊혀지는 소리.

감상 생각 쓰기

봄이 오는 소리, acrylic on canvas, 22 X 27.3(cm), 2025

꿈꾸는 날

온갖 스토리와 균열,

생각지 못한 기적이 가득한 인생,

춤추는 꽃으로 화폭에 담았다.

무엇이 춤추게 하는가?

그것은 슬픔이다.

감상 생각 쓰기

꿈꾸는 날, acrylic on canvas, 27.3X22(cm), 2025

언젠가 기다린 때

다시 웃을 수 있는 날이 올 거라고 생각하고

포기하지 않았다.

열심히 하는 건 쉬워도 잊는 건 어려웠다.

앞으로 걸어가는 일은

인생에 새로운 길을 내는 일이었다.

멈추면 한 송이 꽃을 피우고 끝날 테지만

포기하지 않으면

온몸 전체가 꽃 피우는 일이 된다.

그것이 인생이다.

감상 생각 쓰기

언젠가 기다린 때, acrylic on canvas, 27.3X22(cm), 2025

격정적인 순간

한번씩 찾아오는

인생의 격정적인 순간

그 속에 숨은 전환점.

서로 부딪혀서 만들어지는 흰색.

잔잔한 어느 날에도 속으로

황홀한 파도를 기다렸다.

감상 생각 쓰기

격정적인 순간, acrylic on canvas, 22X27.3(cm), 2025

춤추는 항아리

내 안에 행복과 긍정, 사랑을 담아

살아가고 있다.

웃는 얼굴로 충만하게

어려운 고비를 넘고 발견한

인생의 가치가 진정 아름다움인 것을

행복한 정신을 가득히 담아 살아간다.

그림에 대한 생각 쓰기

춤추는 항아리, acrylic on canvas, 22 X 22(cm), 2025

불씨로 만든 꽃

보통 다른 사람은 하지 못하는 생각과

다른 사람들은 하지 않는 시도를 하면서

돌파구를 찾는다.

가로막힌 길 앞에서 돌아가지 않고

벽을 부수고 새 길을 낸다.

그러면 내가 볼 풍경마저도

내가 보고 싶은 장면으로 바꿀 수 있다.

감상 생각 쓰기

불씨로 만든 꽃, acrylic on canvas, 27.3 X 22(cm), 2025

활짝 필 자유

원하는 것을 얻으려면

아프지 않고

부서지지 않고

이룰 수 없다.

남들이 생각하지 못하는 것을 생각하고

주저하지 않는 용기가 필요하다.

감상 생각 쓰기

_____

_____

_____

_____

_____

활짝 필 자유, acrylic on canvas, 22 X 22(cm), 2025

해바라기의 시선

좋은 일이 생기도록 하는 삶이란 따로 있다.

그에 맞게 살아야 하고

그에 맞게 생각해야 하고

그에 맞게 말하고 행동해야 한다.

불행해지는 단계를 밟고 있으면서

행복을 바라는 건 욕심이다.

행복으로 가는 길은 따로 있다.

감상 생각 쓰기

그림에는 눈이 없는데 시선을 맞출 수 있어요. 신기하지 않아요?

해바라기의 시선, acrylic on canvas, 22 X 22(cm), 2025

중요한 것

이 세상에 중요한 것이 무엇인지

생각해두는 것은 중요하다고 생각했다.

그것은 인생의 방향성이요, 나의 가치관이다.

그런데 어느 날,

진짜 중요한 것이 무엇인지 깨닫게 되는 날이 왔다.

그럼 그동안의 모든 것은 틀린 것이었는가.

감상 생각 쓰기

중요한 것, acrylic on canvas, 27.3 X 22(cm), 2025

걱정 비움 항아리

겁이 많아서는

얇은 유리처럼 위태롭게 살아갈 수밖에 없다.

걱정의 중압감 속에서

안으로 깨지든 밖으로 깨지든

내가 내 정신에 치여 제풀에 지치고 만다.

어떤 상황이 와도 잘 해결하고

똑 부러지게 말할 수 있고

예의를 갖추되 때에 따라서는 물러서지 않는 용기

그런 용기가 있어야 걱정에서 해방될 수 있다.

내게 주어진 불합리함을 바로잡을 수 있다.

감상 생각 쓰기

누군가에게는 가득찬 항아리로 누군가에게는 텅빈 항아리로 보이는 마술

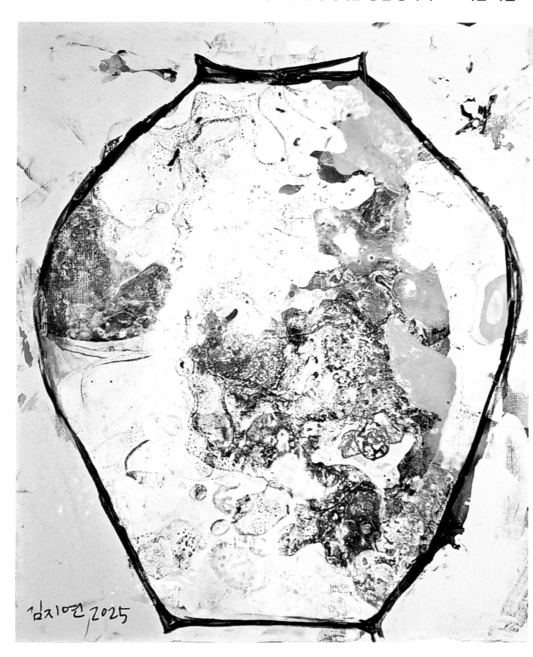

걱정 비움 항아리, acrylic on canvas, 22X27.3(cm), 2

꽃잎을 여는 힘

힘들고 어렵다고 무기력하게 흘러내리지 말고

다시 나 자신을 세우고

힘껏 피어오르는 거야.

남의 눈치 보고 제 풀에 위축되어서는

절대로 꽃 필 수 없어.

내가 꽃피면

남들도 날 보고 용기를 받아 꽃 피우기 시작해.

감상 생각 쓰기

_____

_____

_____

_____

_____

보는 사람마다 다 다른 꽃으로 보인다는 건
그림의 매력이다
'그림 같다'는 표현의 의미를 다시 한번 생각해본다

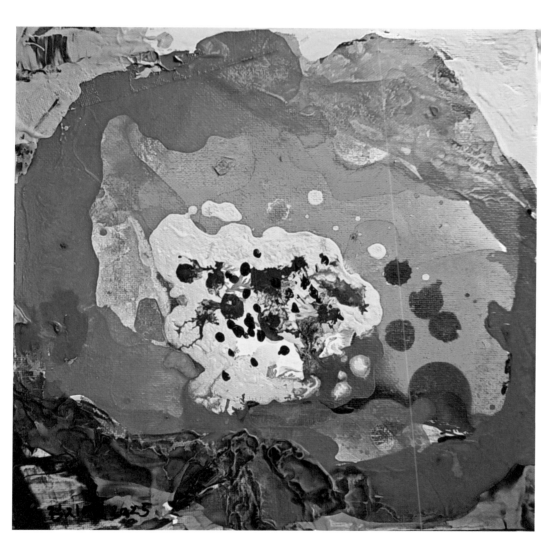

꽃잎을 여는 힘, acrylic on canvas, 22 X 22(cm), 2025

미래 항아리

무엇을 흘려보내고

무엇을 내 속에 담아둘 지에 따라

나의 미래도 달라진다.

고민스럽고 불편한 걱정을 담아두어서는

스스로 단단해질 수 없다.

나를 괴롭히는 것들은 대부분 쓸데없는 것들이다.

감상 생각 쓰기

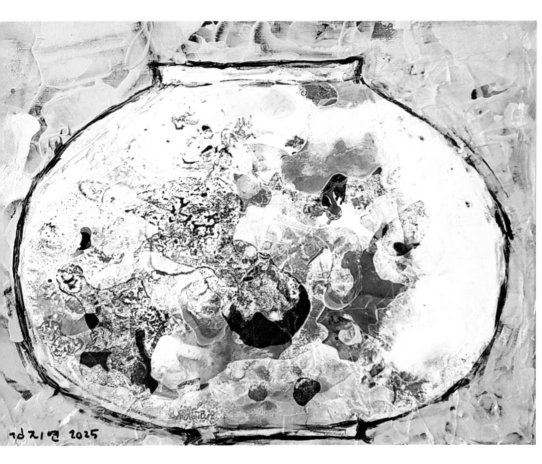

미래 항아리, acrylic on canvas, 27.3 X 22(cm), 2025

넘어지지 않는 호박

인생이란 균형감을 찾아가는 길

스스로 단단해지면

걱정은 저절로 사라져요.

인생에서 걱정이 끼어들 틈이 없어요.

누가 밀어도 흔들리지 않고

많이 생각하지 않고도 후회 없는 말을 할 수 있어요.

감상 생각 쓰기

넘어지지 않는 호박, acrylic on canvas, 27.3 X 22(cm), 2025

걱정이 사라졌다

가장 어렵고 힘든 것을

수월하게 할 수 있어야 한다.

그런 건 고상한 것도 아니요,

때로는 대단히 민망하고 겸연쩍은 것이다.

가장 힘든 일을 민첩하게 할 수 있으면

걱정이라는 것이 사라진다.

다 대처할 수 있는데 무엇이 두려운가.

이해하는 폭이 넓어지고 당황하는 일도 없어진다.

감상 생각 쓰기

걱정이 사라졌다, acrylic on canvas, 22 X 22(cm), 2025

꽃밭

꽃을 피우기까지

꽃이 저물기까지

생각하지 않는다

살아 있는 한

인생의 꽃밭은 언제나 만개하다

늘 환히 피어있다

내가 포기하지 않는다면

내가 그만두지 않는다면

감상 생각 쓰기

꽃밭 , acrylic on canvas, 31.8X 40.9(cm), 2025

즐거운 해바라기 즐거운 호박

곁에 두면 행복해지는 것들

좋은 것만 있어야

좋은 일이 생긴다

내 마음을 풀고자

남에게 우울한 이야기만 한다면

그는 행복해질 수 없다

감상 생각 쓰기

즐거운 해바라기, acrylic on panel, 18.2 X 18.2(cm), 2025

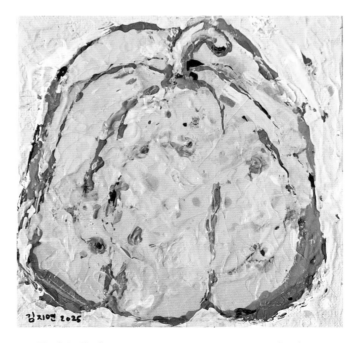

즐거운 호박, acrylic on panel, 18.2 X 18.2(cm) 2025

차가운 꽃

더 잘 되려고 그렇게 힘들었던 거야

더이상 길이 없다고 생각했을 때

고난이 찾아와 새 길을 열어주었지

처음 가는 그 길이 척박해서

때로 혼자 눈물을 흘렸지만

결국에는 잘 걷는 법을 터득하고

행복이 눈물의 따뜻함에 있다는 것을 알게 되었지

추운 겨울 바람이 없으면

어찌 나는 성장할 수 있겠는가

감상 생각 쓰기

차가운 꽃, acrylic on canvas, 22 X 22(cm), 2025

아름다운 수렁

살다가 수렁 속에 빠질 까봐

조심하면서 살아가는데

어느 날 문득 인생 자체가

수렁이라는 것을 깨달았을 때

마음에 여유가 생겼다

알고 보면 수렁도 살 만하고 빠져나가지 않아도 좋고

그 속에서 즐거움이 있다는 것을

알게 되었으니까

감상 생각 쓰기

아름다운 수렁, acrylic on canvas, 22 X 22(cm), 2025

행복 항아리

나의 마음이 어디 가지 않도록

항아리에 담아둔다

변치 않아야 할 마음

스스로에게 지켜야 할 약속

감상 생각 쓰기

아름다움이란,
누군가에게는 보이는 기쁨이
어느 이에게는 슬픔으로 변주되는 것이다

행복 항아리, acrylic on canvas, 22 X 22(cm), 2025

함께 하는 사람

당신과 대화하면서

나는 나도 잊어버린 나를 찾고

당신과 소통하면서

깊이 감춰둔 내 마음을 찾았다

나도 나도 모르게

누군가의 마음을 찾아주고 있겠지

그래서 사람은 언제나 함께 해야 하는 것이다

감상 생각 쓰기

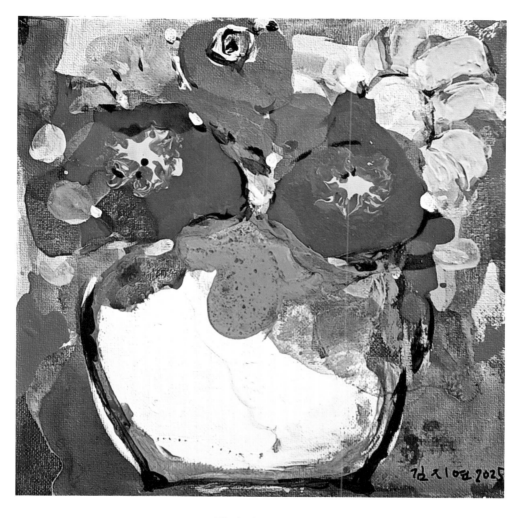

함께 하는 삶, acrylic on canvas, 22 X 22(cm), 2025

걱정하지 마

초판 1쇄 발행 | 2025년 6월 1일

그림 • 글 | 김지연
펴낸이 | 김지연
펴낸곳 | 마음세상

출판등록 | 제406-2011-000024호 (2011년 3월 7일)

ISBN | 979-11-5636-624-9 (03810)

원고투고 | maumsesang2@nate.com
블로그 | blog.naver.com/maumsesang

그림 문의 | maumsesang2@nate.com

* 값 18,900원